Precoce

Romance

Ariana Harwicz

Precoce

Romance

TRADUÇÃO
Francesca Angiolillo

instante

ACORDO COM A BOCA ABERTA feito um pato quando lhe tiram o fígado para o foie gras. Meu corpo está aqui, minha cabeça acolá, lá fora uma coisa se debate como um engulho. Ainda de noite, dois pássaros se alçam violentos da minha árvore e, ao se estatelarem, se matam entre si. Vejo se ele me escreveu. Tinha dormido com um olho aberto e espiava de tanto em tanto. O fogo pega, enfiei duas madeiras úmidas e ocas e fiquei com a cabeça lá dentro até que acendeu. A sala se encheu de fumaça. A fotografia de papai e mamãe sobre o fogão. Sonhei ou sonho com flores de tremoço, as flores saem de diferentes espigas brancas, lilás, rosa, e depois começam a aparecer vagens e sementes. Acordei. Passos na escadinha, quatro patas se lançam em queda livre até minhas pernas. Fico em frente à janela vedada e durmo com a mão aberta em cima do gato. O filho desce despencando pelos degraus. Tem sangue nos joelhos e me chama. Mamãe. Mamãe. Estou acordada na cadeira de balanço a dois passos da escada mas de olhos fechados. O fogo já não existe. Preciso procurar com o que lhe esfregar os joelhos e consolá-lo mas não consigo me mexer. A imagem de uma jovem como vacas brancas me empurrando por trás da janela vedada fazendo força para entrar com esporas. Uma mulher javali rompendo o cerco para investir contra mim, essa outra que me deixa à beira dos gradis. Onde é que tem álcool, pergunta o garoto, madame, onde é que tem álcool, perguntam os trabalhadores ilegais debruçados em suas cabines, está sangrando em cima das pedras, dona. Com o frasco limpo a ferida e pego meu filho no colo. Mas é comprido demais, crescido demais e me passa. Subo a escada com seus pés pendurados e, balançando, o deixo cair um pouco antes de chegar. Não consigo mais te carregar, grandalhão, seu corpo é o dobro do meu. Enquanto se veste de costas para mim, olho do alto as pedras com pintinhas claras entre as pedras brancas. Entramos no carro amassado e vou embora, o ponteiro no máximo, ele enjoado por causa da velocidade. A porta fechada do liceu, batemos e gritamos como dois desajustados, a bedel olha feio para nós através do vidro, acostumada, abre, ele desaparece pelos corredores. Sempre penso que sai pelo outro portão para matar aula.

Não dá para contar um dia inteiro nos braços dele disparando munição pesada entre gargalhadas e patê de cervo torturado. Os tempos radiantes. Um piquenique nos arvoredos, disfarçados, ele de calça curta e suspensório, eu com um vestido de losangos mal pintados. Uma tarde com o arco e a besta, com os cigarros e as garrafas de meio litro. Acendendo e apagando charutos que deixam a boca manchada de marrom. Uma tarde também em comboio na feira da aldeia, apostando nas máquinas de moedas de ferro dos ciganos, apostando outra vez frascos inteiros lançados pela ranhura até que a máquina empurra em efeito cascata os prêmios e saltamos entre as caravanas deles. Escolhemos um raio laser da

vitrine com preços vistosos. E depois, fazendo desenhos sobre o rio, o laser entre as pernas, escrevemos nossos nomes em maiúscula e os contornamos com um coração, igual ao coração que ele desenha com esperma na minha cara. Ou em cima da centopeia voadora na qual os casais aproveitam para se babarem todos debaixo do toldo no sacolejo da curva. O beijo salobro na boca com chiclete logo antes do impulso. O beijo líquido no oco dos lábios. Um dia iremos ao mar, diz e me alcança, um dia no mar. O beijo impossível. Recuperar a idade mental em que tudo eram alturas abertas e rochosas. Idade mental das perguntas. Por que os Alpes fazem a gente querer morrer. Por que o coração se mexe e o cérebro não é liso. Idade mental do amor doentio. Por que devorar o outro com os olhos é assustador, ter outra vez a idade pura do filho único. Como é ser veterano, mamãe, quando eu for grande você vai estar morta e enterrada, quando eu for pai, você não vai mais ser mãe, não fica brava, e ri. Os dois olhando a estrada, imaginando que entornamos galões de óleo e depois nos afastamos o suficiente para vermos os carros patinarem, girarem como molinetes e capotarem.

Sei que ele foi embora depois de toda a tarde e que eu lhe disse adeus com a mão pela janela do carro, sorri para ele pelo retrovisor, os lábios descorados e seu lenço de seda na cabeça. Sei que fui buscar meu filho no colégio e que saiu com vergonha entre os colegas de turma e subiu no banco de trás. Olho a roupa que visto, não consigo saber o que pode estar errado. E me pediu para pôr música alegre e me perguntou o que faríamos no fim de semana na ponte pênsil sobre os bancos de areia. Mas depois dirigi até o supermercado e enchemos o carro de latas, formicida e embutidos e corremos entre as gôndolas guardando pilhas e giletes descartáveis, de vez em quando mudando os produtos de lugar. Estávamos sorrindo um para o outro, cochichando melosos enquanto passamos pelo caixa, pago, juntamos as sacolas e caminhamos como sempre até a saída. Ele assobiando uma cantilena, eu olhando para as nuvens enforcando as alturas. A fila de carrinhos se mexendo sozinha entre os automóveis batidos quando um homem mostra um distintivo e nos pede que o acompanhemos. O menor e eu no subsolo, cercados de caixas, maços de dinheiro contados por mãos enluvadas e agentes de segurança. Por favor, o que têm nos bolsos. As giletes e as pilhas caindo. Que idade o menino tem, é seu filho? Vai à escola? Queremos lhe fazer algumas perguntas de rotina, e ele é levado e cercado por agentes com saias-lápis. Mas é só para mim que olha. Mas é só a mim que ama. Alerta da guarda local, próxima visita da assistente social e antecedente judicial. E nada para nos depilarmos.

Na volta, no asfalto à nossa frente, corre uma coelha com olhos azul-celeste. Buzinamos para ela, gritamos pela janela, meu filho coloca meio corpo para fora e o vento o ajuda a acariciá-la mas a coelha corre veloz sem entrar. Jogamos água nela mas não quer ir para as árvores, não se deixa

levar para os bosques. Vemos como corre, voa, plana diante de nós. Observamos como desafia os carros e como sai vencendo a lei do mais forte. Depois atravessamos campos com estuários, e o som do batimento cardíaco de um cisne é tão intenso que nos faz chorar.

No fim de semana nos instalamos na sala e no jardim gelado. Jogo pingue-pongue na mesa que ele armou e pintou mas não coordeno a mão direita e a esquerda, e ele me xinga a cada saque, põe óculos, põe uma faixa, treina, um doce. Tomamos lanche, leite achocolatado com uns pinguinhos de porto, biscoitos de aveia, e as horas se adiantam lentamente, como uma seguidilha de execuções. A cada treino de esquadrão o terror retorna. Meu filho dorme longamente em meu colo, seu braço em cima das minhas pernas nuas cobertas por um xale, por sua cabeça pesada me dou conta pela primeira vez que é um homem. Sonho com um veleiro, eu e o outro nos alternamos no comando. Um lá embaixo abrindo a lata de sardinhas, trocando o combustível, limpando ferramentas. Usamos turbantes. E um dia eu o olho e o amo tanto que lhe peço por favor que me espere no convés com os olhos fechados. Procuro na bolsa de lona debaixo do catre, a surpresa, o revólver, e lhe dou um tiro.

Fico assustada ao despertar num sábado à noite com meu filho em cima de mim, onde estão os garotos da sua idade, o que fazem, do que riem os garotos da sua idade, aonde vão, fazem fila no boliche com pista de madeira e bolas coloridas, ficam se pegando atrás da colina, como falam, quais roupas vestem, qual marca de cigarro fumam. Já têm a pele marcada, já chegaram as poluções, podem ter mobilete, a que horas seus progenitores os mandam voltar para casa. Na porta de entrada seu carro de teto transparente com o farol alto aceso. A luz sobre os musaranhos que se mordiscam. Eu o tiro dali e fica dobrado na cadeira. Eu me levanto com câimbras, mas ao partir o carro sai voando da granja. Dentro de mim tudo escurece de tal forma que os pinheiros são fitas sacudindo-se.

Penso nos homens enterrados a metros de seu inimigo. Penso nos sobreviventes que confraternizaram no Natal seguinte. Essa noite irreal de 1915 na qual todos estavam à mesa em frente a seus pratos servidos, os punhos pingando nos talheres. Sou acossada pelos homens que viveram em cavernas durante meses e anos. Penso em como terão feito para ejacular no barro, na água, em meio a corpos tolhidos, mancos, entre barrigas abertas, poças de sangue e lavatórios de piolhos. Como fizeram nas noites de lua laranja sobre as rotas para beber todo o seu mijo. Eu teria me deixado matar nas primeiras vinte e quatro horas.

O fim de semana não se liquida facilmente. Passeamos com o cachorro. Já faz tempo que ninguém denuncia nada, levou anos fazer a polícia entender que a pintora da região, Vita, não ia deixar de abrir túmulos de animais e que cada traslado era pago com impostos da comunidade. No começo a patrulha vinha a qualquer hora, ela era levada para depor, sequestravam sacos com ossos e animais esperneando mas depois já não sabiam o que fazer com tudo e se acumulavam na entrada do casario ou nos ferros-velhos e os vizinhos ligavam de novo espiando na madrugada. A casa dela, a menor construída sobre uma armação de vigas, tinha também redomas com fetos. E assim passava dias inteiros, enclausurada, morfinômana, pintando a decomposição das cores dos peixes que buscava com os fornecedores do porto, dias inteiros sob efeitos demolidores. Meu filho olha ao redor a terra fechada em si. Não mais denúncias, a terra lisa sob o peso das árvores frutíferas, não mais ossos espalhados, e ninguém abrindo nichos nem trazendo parasitas para a mesa. Em pé sobre um degrau um jovem tcheco com um cantil, calças militares e camisa polo vermelha. E o pé levantado para treinar na milícia. Carrega uma brocha de pintura branca, Vita aparece por trás, obesa de grávida, sorridente como aqueles na fila para a cadeira elétrica. Nós a cumprimentamos e a ficamos olhando aproveitar o domingo para pôr os frascos para fora. Limpeza, limpeza, grita o tcheco com a língua no céu da boca e o sotaque agudo. Ordem, grita eufórico para um líder. Vamos embora, a casa branca e desocupada. Os vizinhos querem santificar o tcheco que a fez deixar de pintar. Ninguém com quem brincar ou lutar boxe nesta comarca, ele forma bolas de escarcha e sujeira e as lança contra o paredão com fanatismo pró-russo. Aproveito uma distração e escapo. Avanço pelo caminho estreito e podado, lateral à casa, arranco e como algumas urtigas. O filho não me alegra, o filho não sacia. Eu me sinto como um cabelo numa garrafa de álcool, à deriva, viva e morta. Madame já poderia ser avó, e para quando é, perguntam na feira de azeitonas, frituras e queijos de cabra da região, continuo caminhando e cuido para que não me vejam escondida entre as bancas, para quando o pescoço torcido. Uma ereção, tenho que conseguir uma ereção, e me desconecto do lugar, não estou onde pisam meus pés, não sou a madame de chapéu ama do adolescente. Não avanço entre temperos. Os outros no cio não ajudam. Rápido. Qualquer coisa serve. Uma ereção para continuar. Uma ereção como instinto de resistência, uma ereção para me manter de pé e jogar bocha com os outros e preparar a comida. Que alguma coisa se levante por sobre as ervas daninhas e o musgo seco. Uma ereção para continuar o caminho, o domingo, as compras, os cumprimentos e o suposto amor aos netos. Agora vejo, oscilam os altos pinheiros coloridos e suas sombras como os mal enterrados em seus domos, como os alistados errados nas pedras dos memoriais, como os soldados da Primeira Guerra que não figuram nelas. Sairia nesta noite para juntar as cinzas de todos os baleados na cabeça por um pelotão de fuzilamento ou degolados no deserto. Quando voltei, estava seco em cima da mesa feito um jarro emborcado. Acorda pra gente praticar boxe, empurrei seu ombro, mas nem se mexe. Já lhe crescem as suíças e o pelo nas orelhas, já tem um bodum no sovaco igual ao dos camponeses dali em frente ou dos esportistas de alto rendimento. Já cheira a bode, o filho mudo. Dou-lhe um chute. Sacudo a camisa do pijama, tem o reflexo de pular em cima de mim e atacar, mas ao me ver estanca. Coloco-o no carro cabeceando, não lhe ponho o cinto e saímos por aí pela primeira vez no fim de semana todo. Acelero tanto que cheira a motor queimado, erro as marchas, o pé o tempo todo na embreagem que destroço. Ninguém em lugar algum no fim de domingo nestas paragens, nem mesmo aquele que se pendura nos muros pré-fabricados das reservas de caça ou o que se enfia com lampiões nas catacumbas. Ninguém tampouco nos trilhos a se equilibrar nos viadutos ferroviários entre os cabos de alta tensão de trinta mil volts. Olhamos o céu como uma expansão de fumaça o caminho todo entre as bodegas privadas e as fábricas de cerveja com grãos de cevada. Ao frear abrimos uma garrafinha com os dentes.

De manhã não me sinto bem largada no chão aos pés de sua cama. Faz pouco tempo dividimos os cômodos levantando uma parede de gesso e já não nos olhamos nus nem deitados nem ele procura rindo os meus peitos. Toca o despertador e nesta casa nada está pronto. A primeira coisa que vejo na sala é um copo virado e água derramada na madeira, quando nos deitamos o copo estava cheio, o gato está do lado de fora, nunca se entende esta casa. Não tem nada para o café da manhã, as formigas e as varejeiras em tropa comeram os restos, perdão, lhe digo, perdão, não me lembrei de cobrir o pão. Não vai hoje, fica comigo, perdão, amanhã te levo no colégio, e bem agora vejo uma mulher baixa andando e olhando para cá. Vai, não seja egoísta, você não vai perder nada hoje e eu preciso de você, que lição vocês vão poder aprender. E uma mão bate à nossa porta. Quem é essa, meu filho saído do ninho. Não tenho ideia, não vamos atender. E ele se veste por mim. Batem de novo. Como vamos sair se está aí essa tal, e não vai embora, não se mexe, deve ter vindo vender algo, passa o braço pela grade e abre sozinha. Intrometida. Quem é, diz escovando os dentes. Não tenho ideia. Não temos alternativa senão enfrentá-la. Abro o postigo, mal dá para me ouvir. Sim? Bom dia, sou a assistente social, queria conversar um pouco com a senhora se for possível agora, já que foi uma longa viagem até aqui. Foi muito difícil encontrar a casa, não tem endereço nem número. Sentada em frente de mim escutava os ruídos do piso de cima, do gato, mas depois os movimentos do meu filho. Não tenho nem chá, posso lhe dar água com folhas de hortelã. É seu filho lá em cima? Por que não está na? E a tal história de que está doente, uma gripe, e meu filho se cobriu com as mantas. Como eu descreveria a relação, se nos adaptamos a viver em um lugar assim, como fazemos no inverno, se temos ajuda externa, como é a renda mensal e nossa situação legal e olha a bagunça, o pó nas travessas, a pilha de receitas médicas, o ar frio circulando sem calefação.

Livramo-nos dela com uma convulsão e uma ligação para a emergência.

O carro quieto na entrada dos vinhedos. As solas de seus tênis marcadas nos encostos, as calotas das rodas dianteiras soltas. As duas portas amassadas, o limpador de para-brisa rasgado. Ele não aparece. Não está, não está vendo que não está, vamos voltar, me pede. Está acabando a gasolina. Vamos voltar agora. O que esses caras estão fazendo aí sem usar a mente a não ser para amarrar galhos ou arames, quantas plantas amarram por dia, envolvendo o gradil, quanto cobram por hora indo e vindo em forma de quadrado. Ali tem vários de pé ao lado das estacas. Não é nenhum desses, mas tem um alto que os controla da torre, ninguém deve falar. Espera, está vindo alguém. É esse de terno, mamãe? Não. Mas já vai sair, ele fica no escritório até a última hora, é viciado no trabalho da empresa familiar, o pai acaba com ele se não for. O chefe dá ordens aos operários usando termos de hierarca. Isto não está sendo bem feito, e reúne todos eles e cai matando nos mais velhos, têm quarenta temporadas eles, o que estão fazendo com a ferramenta na mão, não olhem para o chão quando ele fala, repitam seu nome, amarrem corretamente os sapatos.

Anoiteceu e meu filho ronca em jejum. Não lhe comprei nem uns salgadinhos de queijo nas máquinas do posto de gasolina nem saiu para mijar sobre a vista panorâmica. Pode ser que eu lhe esteja provocando um retardo. Que haja lesões severas ou moderadas, me disseram senhora, senhora, está escutando, deixou-o cair do alto, do trocador, não da cadeirinha, dá no mesmo, nesta idade a moleira não está fechada. Prometo que em uns minutos, se ele não sair, preparo o jantar. Mas ainda resta uma luz, está aí, eu sei, posso vê-lo. Os trabalhadores foram embora pedindo perdão, os vinhedos a esta hora são passadiços verdes. Como dizer. Cai o orvalho. Como fazer para dizer. Não há nada mais narcótico do que este céu.

Mas a luz se apagou sobre as parreiras e ele entrou no seu carro e acelerou, roçando em mim na curva. E as coisas não podem ficar assim, mando meu filho sair, coloco-o no banco de trás as pernas tortas, pego o volante e acelero até grudar no carro dele. Mas acelera mais. E eu acelero e grudo nele, a mão na buzina. E então ele freia e invisto contra ele, destruindo o para-choque e a carroceria. Desce. Ao redor não há nada, dois comércios fechados e casas queimadas de outro século, pedras, rotatórias com a pintura apagada, alguma placa indicando o próximo município. E esse ar gelado e esse sopro pegajoso em dois corpos que se desejam. Que merda foi que te deu. Não foi nada. Nada, estou dizendo. E se não foi nada por que você não me escreveu mais. E me agarra. Quero pensar. Quero xingar. Recriminar. Você está me irritando, está me enchendo. Está me provocando. Tento apartá-lo e conversar mas me tira o oxigênio, me inverte. Me leva para seu carro com ar-condicionado como se eu fosse uma aleijada. Em nenhum momento me lembrei de que tinha deixado para trás o motor funcionando com o farol de milha aceso. Em nenhum momento me lembrei de que lá atrás ele dormia sem o freio de mão. E logo depois de tirarmos a roupa não sei como nos mexemos bruscos, furiosos, e os carros começaram a descer de ré pela ladeira, de longe duas aves patinando. Foi ele quem saiu tropeçando nas calças e se jogou em cima do freio. Ele o salvou. Ainda vermelha da sua barba dirijo carregando vida, envergonhada, mas tão ébria que dou gritos e pontapés no acelerador e o filho me olha desmaiado entre os solavancos. Os olhos de ovo. Engato a segunda quando o carro faz um barulho como se se soltasse e começa a ir para as laterais, como se arrastando algo, repuxando, da esquerda para a direita o carro anda na corda bamba. Alguns coelhos de duzentos quilos escapam, pesados. Ao chegar lhe dou de beber e comer, o prato fervendo na bandeja. Vou buscar as madeiras e as carrego, abano energicamente os carvões e jogo acendalha na faísca. E uma vontade de mijar em pé, de pular por sobre o lombo do gado.

Durante o dia ele na escola e eu preparando o cesto, as vísceras, as balas contadas. Vou buscá-lo e, quando sai entre os outros, atrás da grade estou tão ansiosa por vê-lo que me penduro. Os colegas dele riem de novo. E sem lhes dar atenção ele se lança nos meus braços. Vamos caçar, sentir as falanges das mãos. Na beira do caminho vemos gatos abandonados por famílias que saem de férias, o telhado cheio de espreguiçadeiras, jogam-nos pela janela, testamos nossos macacões pulando num pé só para espantar o frio, as botas de couro de cano alto para proteger o pé de picadas, nossas luvas velhas que melhoram o tato na hora de usar a faca ou atirar. As calças com bolsos e nossos coletes térmicos. Cada um com sua faca gravada, a fita para amarrar e colocar armadilhas, um mosquetão para segurar a corda em caso de escalada e uma escopeta de caça para atirar nas peças. O equipamento está pronto. Saímos por entre os desmanches de carros e motos roubadas. Por entre os depósitos de veículos batidos onde se encontram peças para revenda. Corremos pela ladeira e os cantos saem voando. Entramos na água barrenta e os abatemos. Não é temporada de caça e ela não é permitida nessa área, então fazemos tudo tentando não causar alarde. Ir buscá-los, olhar de perto as últimas sacudidas. E depois celebrar a queda, carregar, pendurar, enxugar. Tudo tão poderoso. Tudo tão íntegro. Estamos sentados na parte alta. Meu filho me devolve a carne muito vermelha e a escorremos no afluente. E bebemos, ele em doses açucaradas. Quanto bebemos, os dois com soluço, e uma hora saímos rolando sobre o vale, sobre os galhos, sobre escorpiões vermelhos e bolsas de náilon largadas pelos forasteiros que vêm fornicar.

No fim sozinha esperando, já sem saber como esperar nessa rancharia entre quartos meio construídos, colonos com seus clãs de pé sobre vigas e mulheres criadoras. Este cheiro limonado de cabra recém-parida, de ervas e de sementes temperadas. Esperá-lo sobre as telhas com o vestido e meus borzeguins de motoqueira. Da cintura para baixo, uma, da cintura para cima, destruída, diz meu filho quando se emputece, mas com pernas magras, mas com cabelinho que ainda chega no ombro, mas com boca comestível. Que apareça de uma vez. Fechar os olhos, não ter ainda a idade para ir a pique, não ter a idade certa para se tornar toupeira debaixo do encanamento ou para dar de tirar parasitas das folhas. Uma mulher sai com uma tigela de pão triturado e levanta a mão. Aparece aí com o sinal de sempre, ir até o caminho estreito, subir rápido, não pegar a estrada principal, não se atirar, não morder. E não ter nada para dizer depois, nada de que falar quando a pele espetada pelo tecido barato e pelas hortaliças de algum barril, nenhuma palavra certa depois de nos tocarmos nas calçadas brilhantes de bicicleta e a pé. Na porta do liceu, ninguém. As grades altas fechadas a cadeado, o monumento em homenagem aos caídos com caricaturas. Ao longo do cimento, nas vagas para deficientes onde os casos sociais se reúnem para fumar, na entrada de serviço, nada. Na rampa que dá no hospital, na parte de trás do estabelecimento, em frente aos monoblocos de imigrantes. Na academia ao ar livre com babás negras falando pelo telefone com seus países, nos corredores dos prédios onde se revendem as peças desses telefones, na calçada da rotatória, na entrada do ginásio poliesportivo, nas pistas com rampas para skate, na zona do clube de equitação para veteranos e sócios vitalícios, na piscina coberta, nas saunas, na sala privê para swingers, no ginásio dos presidiários, na esplanada, no correio e na cantina, nada. Não me atrasei tanto, digo, vou me dizendo puta merda enquanto passo um sinal vermelho e as lombadas arrebentam o motor. Quanto posso ter me atrasado quando olhamos a hora minha boca cheia de cabelo, minha boca cheia de cara, da mucosa dele, por que me tortura. Na estação de trem em greve, na tabacaria, nada, na área das casas de repouso onde um velho subiu na sua Kawasaki pela última vez antes de vendê-la e atropelou uma menina que começava a andar, nada também, nos hipermercados para desvalidos com frascos e garrafas de azeite tamanho família e sem etiquetas, com os cupons expostos com descontos de centavos, nem rastro dele. Não posso ter vindo buscá-lo tão tarde se, quando olhamos a hora, já estávamos sóbrios, os pés com sapatos sobre os botes. Pego a estrada para casa emoldurada por um céu límpido que xingo. Aqui e ali o choro da mãe. Aqui e ali uma agitação sem controle. Os ninhos como colmeias grossas lá bem no alto estragam a vista das matas. Não poderia ter esquecido por completo a saída da aula no dia do exame preparatório porque, quando voltou a me atacar de cabeça para baixo, eu disse com sua saliva, tenho que ir. Disse tenho que ir umas dez vezes. Continuo procurando por um jovem caminhando que odeia sua mãe. Por um jovem ladeando as vinhas com mochila de caveira e calças puídas, por um jovem que ziguezagueia enquanto escarra. As plantas oferecem o broto e cheiram a verbena. Acendo os faróis altos para ver suas coxas arrebentarem o cimento. Sou de ataque, tenho que atacar uma coisa, filho. Já sei que vai ficar na sua cabeça o dia em que me esqueci de ir te buscar. Ser assassina do estudo do filho. Ter feito tudo malfeito. Minhas mãos pedindo clemência. Ele não aparece, qualquer um o procuraria nos necrotérios entre os corpos não identificados, nas sarjetas, dentro de uma fossa séptica preso entre matagais, nos cruzamentos de trem sem sinal, meio corpo debaixo de um cavalo de competição, ou nos postos de fronteira, escondido entre os pneus dos caminhões do norte.

Continuo devagar acelerando e freando de vez em quando, procurando-o como a um castor perdido cravando seus incisivos, um filho raio, um filho cometa. E de repente ao longe entre o pretume e o pretume uma gralha-preta caminha encurvada. Chego o mais perto possível para que não possa debandar. Mas ele continua em frente, a ordem de não parar até perder o juízo. Desço correndo, tento abraçá-lo mas ele me joga para o lado. Ao grito perturbador de filho me interponho em seu caminho, mas volta a me tirar de cima dele e a seguir em linha reta. A casa não está longe, o carro atravessado na estrada, volto a me enfiar no seu caminho, deito na frente dele. Passa por cima de mim. Me lanço, me jogo eh, me jogo e pronto, e ameaço alardeando como o pequeno soldado que manipula bombas e faz um gesto rude. Mas não para nem se vira, se um caminhão com gado fizer a a curva, bate em nós e ele roda. Fico de pé em duas patas. Subo nas suas costas ossudas mas ele me tira como a um besouro e fico vendo-o se distanciar e o escuto dizer. Nasci do teu rabo e desde então eu fedo.

Posso ver nos seus olhos algo afundado. Fico de joelhos na calçada e o convenço que me perdoe mas sou ruim de argumentação, ruim em lembrar sua infância. Acho que só lhe pareceu emocionante me ver arruinada a essa hora com as pernas de fora e o eco do meu perdão nos canais de água não potável porque riu e parou para me olhar. Depois me tomou pela mão, mas antes nos olhamos, como pode alguém engendrar um olhar assim. Vamos que eu vou te levar no caratê, alguma coisa você tem que fazer, a algum lugar eu tenho que te levar. Ao entrar na sala com o tatame vejo a fila de jovens com os quimonos prontos na posição básica da faixa amarela. Ao redor as proteções nas paredes e as pranchas na altura da cabeça. Não vejo nenhum adulto na sala de modo que me sento e me torno uma criatura em minha toca. Meu filho entra na fila. Meu filho o mais fornido, o mais quadrado, o varão faz a saudação japonesa. Como antes, eu o vejo abrir as pernas, dar golpes de mão e chutes baixos com estilo. Só vejo a ele, agora dá chutes altos e baixos alternando seu olhar de um ponto fixo para mim, agora usa os dedos, bem alto, nukite, shuto, tsuki, uke, geri, enpi, hiza-geri, o que ela está dizendo para eles. A professora o ensina a se concentrar e procura para onde vão seus olhos até que me encontra. Eu gosto deste cheiro de adolescentes nos colchonetes contra o fundo branco, esta sala de combate com as mãos nuas, olho para cada um e penso qual de todas vai deixá-los doidos, qual de todas vão degolar, vejo-as desfilarem descalças, mas a autoridade me manda embora e tenho que ir para trás da cortina, as mãos com talco. A mãe que espia o que é seu. Do outro lado, pela potência, sei quais são seus passos, leio os cartazes, logo a entrega de fim de ano das faixas novas, anoto a data e só o que me interessa é ele, seu físico, sua força, seus chutes.

Na saída, surpresa, aonde você vai me levar, diz pelado, a calça branca debaixo do umbigo, os ossos saltados, surpresa, digo, e fecho seus olhos até a loja que vende scooters. Passeia vendo preços, sobe em uma, monta em outra, põe o pé no acelerador, faz caretas de corredor, observa os sulcos das câmaras. Com isso espero estar perdoada, vai poder ir e vir e ser livre. Para quem é a scooter, senhora. Para a família, digo, e o vendedor me olha como se não fosse uma palavra. Para a senhora, seu marido, que idade tem o garoto. Para todos, digo. Quantos quilômetros tem, teve alguma queda, os donos são vocês, têm os documentos, nota fiscal, manual, chave, revisões, impostos, e meu rebento continuou falando como um homem de idade. Contei as notas dentro da carteira e fiz sinal de quanto temos com o número cinco. Nem um a mais, começamos a entrar nas economias, lhe digo movendo os lábios e me sorri, *cool*, tudo bem com o dedo para cima, almoçaremos pedaços de terra ou milho-verde e terminamos saindo com a scooter e dois capacetes. As economias de quando mamãe era mulher. Sigo-o pela estrada gritando pela janela que deixe de se fazer de imbecil, a avó vigiando na beirinha, que olhe para a frente, que vai se estabacar. Mas ele continua abrindo e levantando as pernas, fazendo caras para trás, ficando de pé no assento. Tento ficar ao seu lado mas o caminho é muito estreito e cheio de curvas e às vezes só posso ficar uns metros para trás. Desce e dirige devagar, grito, meio corpo para fora, mas continua. Um grupo de ciclistas de competição cruza conosco em fila indiana com seus números no peito, seus tênis fluorescentes e seus capacetes côncavos, ele se joga em cima deles, a fila de bicicletas se desfaz e gritam para ele retardado. Tento pará-lo mas continua a perseguição, perde o equilíbrio, vai dar na lateral. Parados em um pequeno desvio ao lado de uma máquina fotográfica, dois policiais lhe fazem sinal para parar mas ele só diminui a velocidade. Os policiais apitam e lhe dão ordem para ficar imóvel. Conseguem capturá-lo vários quilômetros mais adiante, antes que se jogue nas vinhas.

Na delegacia espero sentada, o vestido sujo da última visita, tento fazer com que ninguém me note, o cabelo cobrindo a cara, mas vários me interrogam, a senhora é a mãe do garoto que estão examinando, a senhora veio acompanhá-lo, penduram um aviso em mim e me levam para passear. Nas paredes cartazes sobre os perigos de se drogar na gravidez com fotos do bebê se deformando no útero, sobre como denunciar em caso de ouvir tiros ou de crianças aprisionadas em casa. Estatísticas oficiais de imolações de menores de dez anos e sua semelhança com acidentes domésticos, desenhos de crianças pulando numa ribanceira, cortando os pulsos ou tacando fogo na residência. Não dá para deixar janelas entreabertas nem portas que deem para escadas, diz uma senhora usando lenço, da outra mais moça só se veem os olhos. Aqui é proibido se vestir assim, digo a ela, vai ter que tirar para poder entrar, parece um saco de lixo não uma mulher, ela quer, me responde, se nega a ir à escola com a cabeça descoberta, o que eu posso fazer. Cada um se veste como quiser, diz outra, isso é democracia, senhora. E as outras olham minhas meias com fio puxado, os sapatos sujos de terra. Um policial me chama, me levanto, tropeço e entro na sala onde repassam os últimos acontecimentos. Não nos olhamos sentados nas cadeiras de plástico. Prontuário mãe e filho atualizado, com as datas dos incidentes e os contínuos alertas dados pela assistente social. Eles nos dão a mão, mediante conselhos, e nos convidam a nos retirar. Meu filho olha os olhos pintados da menina coberta de negro.

Ele no volante, eu deitada, ponho o cinto de segurança que me prende a circulação, a scooter confiscada, vai ser preciso arcar com uma multa que ninguém pagará. O carro segue pelo corredor. Olho as ovelhas em alta velocidade rebrilhando sobre o gelo, a lã enredada sobre suas carnes que na rapidez se tornam tule, se tornam pérolas. Não quero chegar nunca em casa, continua em frente, lhe digo, dirige, só dirige, as faixas luminosas anunciando mudanças de região, acidentes, alerta de atentados, dirige levando as barreiras que topar pela frente. Vamos mais e mais rápido, os corpos das ovelhas se tornam tubarões-brancos entrando e saindo da água.

A aldeia coberta de neve, vejo o gato por trás da janela com sinais de congelamento mas não o faço entrar. Espero atrás do vidro seus sinais de agonia mas o gato mal move os olhos dos meus. Se fizer um movimento, abro para ele, se arranhar o vidro, se miar, se for capaz de ficar em pé, se ao menos mexer o rabo, abro para ele. Mas não faz nada, se deixa molhar pelo vento, deixa que os músculos se paralisem. Então lhe viro a cara e não olho mais para ele. Sigo meu filho como uma bêbada. Um passinho pra frente, um passinho pra trás. Derrapo em uma ou outra palavrinha mas o garoto me entende, você me entende né, lhe digo, sim, sim, entendo tudo. Dou ordens, vai escovar bem os dentes, dez vezes os de cima e dez vezes os de baixo e uma escovada nas gengivas, assim você não tem que usar aparelho, vai arrumar os dinossauros do teu quarto e me olha com uma pena. Sigo seus passos pela casa toda, na frente e atrás. Subo as escadas deixando minhas pegadas sobre as suas e desço atrás dele, fecha a porta na minha cara quando vai ao banheiro, espero por ele e o sigo quando vai buscar madeira e até a cozinha quando vai cozinhar um macarrão. Sou sua nuvem, sua perdição. Vejo-me em frente das trepadeiras bem agarradas nas lajotas das casas já demolidas. Como nas tavernas e nos silos, o fedor da passagem dos animais, como os dejetos das aves do curral. Como a lobreguidão dos bovinos no caminhão para o matadouro. E com meu filho de costas na cozinha em frente ao vapor me vejo morrer.

Luz de estrelas. Não entendo o que viria a ser isso e por um momento continuo olhando sem reconhecer. Fico intrigada com essa bola armada em frente a mim. Esse boneco como um presente de apaixonado. Essa coisa com camadas de toda a noite, a neve engrossando. Meu filho se levanta de cueca e grita. Calçamos as velhas botas de quando eu o levava para esquiar na montanha, as meias de lã furadas. Damos golpes de machado cada um na sua vez mas o corpo demora a aparecer. Jogo para ele o espantalho de orvalho e o devolve para mim, volto a lhe jogar na cara, e ele o projeta em direção ao meu peito, ficamos um tempo brincando de atirar isso, as mãos com luvas, quando por fim sai o gato, mas não nos decidimos a levá-lo para baixo da terra nem a jogá-lo no nada.

Ouvem-se clamores. Ninguém se aproxima desde que pararam de iluminar e tudo se corta à meia-noite, como um cavalo debaixo do rebenque. Ninguém mais pia, nem uma ida e volta para comprar fumo. Impossível trasladar-se de um terreno a outro, entre os carros estacionados em diagonal por cima das hortas cercadas. Mas meu filho põe a cabeça para fora no andar de cima. Uma mina de preto, me diz, e aponta para ela a lanterna laser que ganhei na quermesse. E primeiro vejo nossos beijos ao ganhá-la e não escuto, os beijos tampam o quarto, está vindo aí uma sujeita de preto chorando. Aqui não tem pretos, digo, não pira. Nunca a havíamos visto, não é vizinha mas pula por entre as casas conhecendo o lugar porque não cai nem se perde. Não vejo nada mas me parece que cobre a cara. Jogamos luz nela, está toda esfarrapada, se bate. Nós a iluminamos melhor e ela olha para nossa janela. Merda. Agachamos. Cagamos de rir mas pelo sim, pelo não vou buscar o spray de pimenta, pena que não tenho o combo com a máquina de choque. Viu a gente, e ele chega na janela mas eu o seguro e o puxo. Ouvimos batidas na porta da frente, mas logo em seguida ela vem na nossa direção. Desliga isso, e lhe tiro o laser. Os dois agitados, rindo da aventura de ver alguém sofrer, pedir ajuda, se desesperar diante de nossos olhos, as tetinhas duras, o pescoço rígido. Fala esquisito mas dá para entender. Meu filho se levanta, desce os degraus, por um segundo fico presa nos beijos. Beijos, beijos, inferno. Beijos, beijos mais beijos, antro de beijos. O adolescente de cueca chega lá embaixo. Tomou porrada. O que que eu faço. E escuto que se falam através da porta, a outra implorando asilo político. Isto aqui não é um centro de triagem. Uma nova janela se acende. E outra. E outra mais além. Os andarilhos. Alguém vem buscá-la. Eu a detesto por me fazer descer correndo antes de tomar café. Deixo entrar? Onde a gente enfia ela? Lá fora uma bagunça de carrocinha. Uma bagunça de vizinhos que delatam. Abro o spray de pimenta. Que que você tem. Vamos deixar entrar, está tiritando, tem uma coisa caindo do peito dela. Ela quer se enfiar entre as grades, mas não passa. Gira a chave, a mulher lá fora se bate, posso sentir sua secreção. E depois vêm queimar tudo, nós aqui dentro, digo para ele, vêm nos desenhar suásticas os retardados, aqui não é a capital, não é uma quadra de esportes para clandestinos, e giro a chave. Ela suplica de mulher para mulher, e que que tem se é mulher. Você pode ir para a parte de trás, as ervas daninhas estão bem altas, deita e não se mexe. Meu filho agarra a chave e a põe na fechadura mas eu a pego e coloco no meu bolso de carcereira. A mulher vai a passos largos para o fundo e está quase virando quando lhe torcem o cangote.

Nem rastro do episódio depois do café da manhã, não voltamos a falar da sujeita, só uma vez me parece vê-la jogada no meio da erva-rinchão, mas ninguém diz nada e assunto encerrado, como o ônibus escolar que caiu de cara no riacho ou os túmulos sem nome. Enquanto pintamos de verde as esquadrias das janelas, eu o vejo desembarcar e é a primeira vez dos três juntos. Mas tudo é natural e o exibo ao meu filho como uma coroa de louros. Depois nos ajuda a terminar. Olha o que eu arranjei. Não serve para nada mas olha. Olha esse homem, quero lhe dizer para que veja. Vou fazer compras na banca do mercado e vou direto na seção de inseticidas, deixo-os sozinhos para terminar de lixar, dar uma segunda demão e recolocar as esquadrias. Quando saio guardo a visão deles de cócoras entre vasos de flor-do-vento. Esse êxtase é o que devem sentir as velhas da região quando entram no sacrário.

Chego e as janelas estão secando de pé entre as cadeiras, consigo sentir o cheiro deles por meio do frescor da tinta, os dois de banho tomado atacando o formigueiro da piscina. Mamãe, ele tem uma técnica para combatê-las, não adianta exterminá-las, tem que deixá-las semimortas para que soltem uma química que faz as outras terem medo e as alerta para o perigo. Olha, me diz, e me mostra como caem rodando enquanto as outras fogem. Eu os deixo se divertindo e preparo um lanche com as garrafinhas de soda para o filho, uns traguinhos e as aguardentes para nós. Preparo comida para eles, olhando minhas mãos que a preparam. Os três rindo sentados na mesinha branca de ferro e por vezes ele acariciando meu antebraço ou meu ombro no meio de uma frase, ou apoiando a mão em mim e meu filho sem poder fazer isso, por vezes entre eles o ar denso. E eu cheia, gozosa, não confinada ou segurando outra pelos cabelos. Depois das bebidas saímos a percorrer seus vinhedos entre groselhas-pretas e cerejas, enquanto lhe conta como supervisiona a bodega, a elaboração, a armazenagem, como fazem os testes de conservação para depois darem início ao engarrafamento e à comercialização, eu vou atrás narcótica seguindo o aroma de couro, de musgo, de caça e mais longe de incenso, cânfora, resina, pinheiro, pão torrado, café enfumaçado. Entramos numa feira de degustação, cruzamos os passadiços de pedra úmida rodeados de descrições de sabores, de vez em quando ele me arrasta para o porão, bebemos sem calcular enquanto seus empregados o adulam com palavras de agradecimento. *Merci, merci*, senhor, pelas calçadas da cave. Perambulamos cada um sozinho pelos túneis esvaziando garrafas. Ao sairmos já é de manhã, todos bêbados sopramos os controles etílicos que disparam mas sorriem para o patrão, meu filho cabeceia, na caminhonete se anima, e colocamos uma música, qualquer coisa em inglês está bom, e somos a típica família de bêbados da região.

Em frente ao curral nos beijamos idilicamente enquanto ele dorme chapado. Centenas de patos correm e berram e ele conta como lhes enfiam um tubo na garganta e os obrigam a comer forçando-lhes o pescoço para fazer o fígado engordar. Torturam-nos dando de comer até estourarem, aproveitando que não podem vomitar. Depois entramos na fazenda e o patrão nos dá para provar dois tipos de foie gras em pães caseiros recém-assados. Degustamos beijando-nos uma e outra vez. No carro, com os vidros cobertos de gelo, abaixa as calças. Não sei se está respirando, como saber. Então me empurra e empurro mais forte, empurro como se fosse algo maciço, com todo o corpo contra um furgão que é preciso pôr de pé, empurro para jogá-lo longe, travados como dois chifres de marfim continuo bombeando em risco de morte. Avançamos pela calçada até chegar na borda do despenhadeiro. Quero que acelere e capote no pasto ou nas ilhas, nos botes amarrados, nos bancos de areia que emergem. Eu me sacudo, primeiro sem convulsão, o olhar fixo se sustém, mas logo movimentos nos olhos sem cor. Passa uma viatura. Alguma coisa devo ter feito porque desce um policial e me oferece ajuda. Não controlo a língua. Começo a pedalar de um lado para o outro para ficar de braços abertos e cara no chão. Sou levada até uma guarda, não estou mais capacitada para dirigir. Perguntam quem é o responsável pelo menor, ele diz que é ele. Atrás olho as fachadas dos pequenos imóveis horizontais dos anos setenta, os asilos com beirais vermelhos, os centros de lazer, o boliche para a terceira idade, as vitrines com trajes de época, os homens debruçados em suas janelas de guilhotina utilizando o mínimo da vida.

Há que ficar sentado ao lado dos mortos no quarto com o som ligado e as batidas no vidro. Escuto o monitor multiparamétrico e tento colocar harmonia nesses bis. Mas estou blasfemada demais. Demais caí. Não sei o que fazer, eu luto, persisto, as enfermeiras dão doses mais fortes, novidades médicas e nada. Não consigo falar direito. Os tratamentos com fármacos não funcionam, sempre dizem que é preciso ser paciente. Minha vida tem um novo interruptor, uma tarraxa aferrada ao peito. Estou atrás de uma artéria, um ataque repentino ou um osso. O que eu tenho, pergunto a eles, ambos nas cadeiras em frente à cama. O que é. Mas não dizem nada, se olham. No quarto: scanner, rádio e a amostra de sangue desta noite. Sem explicação hoje aparecem duas convulsões, recebo um disparo pelos litros de medicamentos. Muitos no momento final são como um macaco que acena de uma palmeira. Essa é a verdade além da fofoca, todo mundo tem planos, todo mundo quer mais alto, todo mundo conta nos dedos o pouco de sexo que lhe resta. E mais alto. Todo mundo todo mundo. Mais alto mais alto. Chamo os médicos, que vêm correndo para arregaçar as mangas e depois partir. Macaquinhos sem coleira. Falta luz aqui e é terrível, assim se quebra pouco a pouco um homem.

40,8 de febre. Não sei o que fazer, chamo o médico de plantão mas para quê, se vai me olhar como o do pronto-socorro e o neurologista, de modo que não há necessidade de consultar outro especialista ou trocar de serviço. Neste hospital uma manhã te transferem para fazer uma chapa e o cérebro já interpreta mudança e se estimula diante dos deslocamentos de um andar para o outro. A cara de uma enfermeira que acaba de começar, os eflúvios de uma refeição ou as que passam com os lençóis suados de infiltração. Já me descem no elevador para o meu andar, cruzo com alguém em estado pior e não finjo, sei a que hora seu leito estará disponível para outro imigrante. Os recém-chegados também não disfarçam diante de mim, me olham de frente e posso ler, tchau veterana pelancuda, deixa pra gente seu lugar neste país.

De novo esse longo dia sem fazer nada, além de garantir a respiração não faço nenhum outro esforço. Acordei perguntando se meu filho não tem que ir ao caratê. A exibição de caratê, gritei, e me desceram de uma estilingada só. E lá foram os dois para a barraca do turco, o único que pensa que os não doentes têm que comer. Duas horas mais tarde, ninguém na cadeira, devem estar tomando um aperitivo em alguma biboca de apostas ou dando umas voltinhas pelos cassinos. Durmo com o som do apito. Olhar para a porta para o caso de ela abrir. Ainda não sei o que está acontecendo, agora sou uma residente neste lugar miserável. Os vizinhos de andar colocam suas pantufas nas portas como animais de carga.

Vou bater no próximo generalista que entrar, quase sempre jovens com gosto pelas patologias mais raras, se vê de longe que comemoram quando, por sorte, cai uma para eles. Doutor, tenho uma grande quantidade de chumbo que é tóxica para o meu cérebro, isso talvez explique a deterioração dos lóbulos frontais, tire este metal de mim.

Rápido se não lhe for muito incômodo, que os ataques são alarmantes. São bofetadas por dentro. Prova este queijo, te fez mal, não é? Gostou? Olha o sabor deste outro, prova sem nojo, punções lombares, scans, ressonâncias magnéticas, radiografias e eletroencefalogramas. Lá embaixo o mercado deixou as luzes piscando. Sou um desses experts em guerras que sacam moedas fora de circulação para pagar o trem. Minha fortaleza cai como as horas nas trincheiras sob bombardeios. Taquicardia agora. Por que outros estão aí no alto com boa saúde, degustando licores, por que caí aqui e por que não estou no fundo de um atalho, em uma enfermaria da vila, em uma ambulância presa no trânsito de uma periferia. Acordo do que pensei ser um pensamento com o doce som de um ataque de delírio. O primeiro me levou a clamar pela vinda do diretor, agora dou meu jeito e não preciso de ninguém. Cada andar tem velocidade própria, um carro se move lá fora, sai uma ambulância e fura o semáforo. No alto, pendurado, o Papai Noel do último Natal nos sorri e pisca um olho provocando acidentes, nada grave, amputações.

E um dia se dá o caso por encerrado sem ter entendido e posso comer e falar. Ficha assinada e carimbada. A senhora não tem nenhum problema neurológico importante, mas danos provenientes de vários incidentes. Já posso ir? Libero o leito. Libero o quarto e atrás alguém empurra. Boa sorte amigo sem documentos, solto, e me fuzila com os olhos de cloro, de algum lugar o resgataram, em choque, nada a dizer quando lhe perguntam seu nome. Fica pensando e lhe inventam um novo. Deixo as instalações antes que amanheça. Saímos abraçados. Vejo-nos aos três sobre uma superfície gelada atravessando o continente com a ajuda de um cajado.

Chegamos todos em casa, se não fosse pelo cheiro e pelo fato de não estarmos bronzeados dava para dizer que estamos voltando da Córsega. O menor aturdido pela travessia, vários dias de ronda e final hospitalar, como em um grande casamento no qual os noivos aterrissam na sala de primeiros socorros com seus trajes e seus chapéus feitos à mão. Vai dormir, e para o colégio diz ele, e foram dois camaradas batendo a mão aberta, o punho cerrado. Eu esperei do lado de fora meu filho ir se deitar. Teria que ir estudar com mais frequência. Nesta semana irá todos os dias, depende da época. No ano passado teve assiduidade exemplar. A educação dele não depende da época. Você teria que levá-lo pontualmente. Não consigo fazer com que se levante, e eu também não levo jeito para me levantar. Deveria, diz, e posso ver rápido seu pescoço arranhado depois de uma tentativa de estrangulamento. Silêncio. Somos dois patos de criadouro. Acho que esta relação não é o mais importante acontecendo ao redor de nossas vidas hoje, ao menos não agora, não na minha em todo caso. Desculpe, não entendo o que você está dizendo, ao redor do quê. Digo, devemos nos ocupar de outras coisas urgentes que estão nos escapando. Como do seu filho, que dá pra ver que está sem rumo, eu da empresa, que naufraga cada vez que não estou. Faz tempo que não trabalho direito. O vinho é assim, um filho deve ser assim. E olha a situação à qual chegamos, você ficou internada, ataques por minha causa. Agora tenho que ir embora. Pode dizer para ele vir trabalhar comigo no verão que vem, posso sempre achar um lugar na planilha, o pagamento é correto para um menino da idade dele, e assim, aliás, pode se encarregar das próprias férias como os outros e estar entre garotos da mesma idade. Além disso faz falta para ele praticar algum esporte, está sempre pálido, preguiçoso, bom, descansa a cabeça que foi o que o médico disse, e me dá um beijo na testa.

Todo o circuito mental todo o espírito cortado. Deixo-o ir embora. Perco contato. A depressão se arma. Olho para ele como uma mulher estéril se locupleta com a visão do bebê encantador de outra. Como se olha de perto uma fila de filhotes entrando em uma canaleta que os leva por um duto diretamente ao deságue. Perdê-lo é o grande pesadelo, levantar-se alvorada, ver se mover a corrente que vai da porta à janela, não tê-lo, prestar atenção na terra revirar lá fora, alguém que passa caminhando do outro lado do terreno, um francelho adormece de pé. Levantar-se no outro dia e destruir o coração enquanto se contrai. Os movimentos involuntários dão a partida, me levam adiante.

De manhã sei o que aconteceu mas ainda não consigo entender. Sirvo o café da manhã para ele, se no lugar da cara do meu filho houvesse a de outro, nem notaria. Levo-o ao colégio maquinalmente. Ele também não fala, não sei por quê. Meu filho continua guardando em caixas numeradas minhas fotos, meus álbuns, minhas capas de revista, meus colares, meus pares de meia-calça. Fico o dia todo zanzando no entorno do colégio. Entro em um refeitório para operários das fábricas da zona industrial e caminhoneiros do leste, mas ao me servir e me sentar com meu refrigerante e minha bandeja um engulho me afasta do lugar. Espero a hora da saída cruzando as ruas de uma rotatória, os carros esperam meu passo desajeitado, ou percorrendo as casas elevadas em vigas para que não sejam levadas pelo avançar das águas no sedimento. Espero sua saída caminhando entre os balcões com chope e narguilé, sem pensar uma só vez no ocorrido. Fico ao lado de um grupinho deitado nos bancos. Ciganinhos vão fazer o país explodir se continuarem entupindo encanamentos, queimando cabos e deixando suas crias andarem soltas pela estrada. Todos estão cheios de vinho, as bocas cloacas. Sento-me perto deles, fora faz um sol de inverno que é como um estado mental. Fazem com que eu beba. Vejo os ciganos correrem de um lado para o outro do túnel pelo qual passam veículos com mercadorias. De tanto em tanto atiram uma pedra e cai algum pacote ou rodam as latinhas. Está cheio de eritreus, de poloneses, de sírios reincidentes. Estamos ferrados por toda a eternidade. Não me perguntam o que faço ali, de onde saí. Está cheio de judeus, ainda que nunca tenhamos visto um, chegaram. Um carro importado sai do estacionamento. Voltem para o lugar de onde vieram, gritam, e procuro deslizar até a extremidade e escapar mas um me pega e me abraça. Me dão uma arma que imagino apontar para ele e esvaziar o cartucho mas depois a tiram de mim. O carro se aproxima, contorna a rotatória, liga a seta para a direita e passa do meu lado. Juraria que é ele. Mas me convenço de que não. Em uma briga entre eles consigo sair. Partem em massa para esvaziar os contêineres dos supermercados, consumir a comida estragada, enfrentar a polícia e os seguranças do estabelecimento, que os dispersarão com gases irritantes enquanto eles respondem com boleadeiras. Parada final, roubar os remédios vencidos dos contêineres antes que os embalem e mandem para a África ou os queimem em local permitido. Um se anima e solta um grito para que eu me junte a eles. Numa rua paralela conto o dinheiro na mochila para ver se falta algum, são rápidos para surrupiar colares, conto o dinheiro da ajuda do Estado e saco tudo que tenho no banco, conto com os dedos, repasso as economias e espero.

A professora quer falar com você. O diretor também. Bom, virei outro dia, vamos, não, mamãe, agora, estão te esperando no colégio. Mas agora você não está vendo que não posso?, não estou bem-vestida, olha meu cabelo, não estou maquiada, anda, vamos que tenho uma coisa para te falar. Mas estão te esperando na sala, é urgente, não conseguiram te achar, está desligado, não carreguei, não sei onde ficou o carregador, você sabe que eu nunca lembro de carregar, bom, mas eu disse que você ia entrar um pouquinho, acompanho você ou fico aqui, não vou sair. Não conheço a sua escola, e me empurrou, você tem que ir, e caminhamos pelo corredor vendo nas laterais as salas bagunçadas e a luz das aulas recém-terminadas. Viramos e já estávamos ali. As duas pessoas pedem a ele que espere do lado de fora e me convidam a entrar. Sento-me tampando a cara. E me falam das reiteradas e inaceitáveis ausências, de seu estado de ânimo estranho, de que está isolado, que vem sem comer, das piadas de seus colegas e alguns rumores sobre mim. Parece que nos viram arrancando etiquetas dos produtos. Olho para a janela, lá fora o inverno se vai, nenhum pássaro sobre as cúpulas das igrejas nem castelos, meu filho andando pra lá e pra cá. Minha vez de falar chega. Tenho que dizer algo quando a cabeça está inchada. Quando os genitais estão inchados, como uma mulher ou um animal doméstico com sensação vital de movimentos fetais, com seus dois peitos crescendo enlouquecidos, mas nada, nada aí, dizem os demais, não tem nada de fato. E dá para ver tudo. Um torvelinho de palavras e disparo mas sem ter a menor ideia do que estou dizendo. Também não consigo olhar para eles. Sou convocada para uma junta, no dia seguinte, composta do comitê de pais, supervisores educacionais e diretores pedagógicos. Não ficaram satisfeitos com minha explicação,

do lado de fora o agarro pelo braço, imploro para sairmos. Mostro o dinheiro no bolso da mochila e o convido para ir ao bar de toldo verde na cidade. Ficamos sentados nas mesinhas da calçada, biscoitinhos de gergelim em forma de flor e cerveja com limão, uma zona antes muito concorrida, agora apenas homens e eu, meu filho fica desconfortável, pergunto se estou fazendo algo indevido tomando meu aperitivo e o garçom dá de ombros, depois recolhem todas as cadeiras e nos mandam embora. Também não há mulheres nas calçadas, nas farmácias ou nas sapatarias e ainda não anoiteceu. Cidade de homens. Aí lhe digo que preciso de ajuda, que ele tem que me acompanhar. Paramos para comer pizza marguerita que a família do furgão na beira da estrada vende mas ele ainda não entende, quer voltar para casa. Os filhos sempre querem voltar para casa. Alivio as costas dele, não anoiteceu, tem que esperar. Você gostaria de viver assim comigo, me diz, e nos imaginamos amontoados no motorhome no deserto. Gostaria de viver assim até o final, lhe pergunto. E ficamos sentados na ponte com dois refrigerantes lendo as pichações de spray com números de celulares de garotas que chupam muito bem, pendurados vemos passar os guinchos e a fumaça dos sumidouros. Ele me pergunta o que disseram o diretor e a professora, está tudo bem, digo, já não vão mais falar de mim, eram só rumores. Mas o que diziam. Fixo o olhar nas grandes rodas de aço dos maquinários. Que diziam de você, pergunta. Ele te disse no hospital que pensava em me largar? Não conversamos no hospital. Mas o que ele te falava de mim, já dava para notar que ele ia fazer isso? Você viu algo? Sério que você não notou nada? Costuma dar para notar. A hora chega, e começa a ter frio na sola dos pés. Vamos embora. Para onde, e a sombra na calçada de suas longas pernas de galinha me segue, para onde.

Estacionados em frente a um grande chalé com telhas horizontais vemos a luz lá dentro e dois carros, um jipe mais ao longe. Numa escada que leva ao subsolo uma torre de caixas e certa fuligem saindo da lareira, muito pouca, o final quando as cinzas já não reluzem. Vamos, digo, vamos pegar umas pedras aqui de baixo e jogar. Nenhuma reação. Vamos jogar umas pedras na casa, nos carros, na porta, no cachorrinho se tiver e subimos e as pegamos. Não vai levar mais de cinco minutos, já calculei tudo, só posso fazer isso contigo, preciso de dois braços. Se você fizer isso vou embora e não volto mais, mamãe. Vou embora correndo, não ligo, moro onde for, pendurado num cipó, qualquer coisa, passar fome pedindo carona. E sobe no banco do passageiro. Ficamos um bom tempo assim, num silêncio de grilos, mas também não dou partida. As luzes da casa mudam de lugar e se tornam douradas. Abrem a porta e um cachorro sai pulando. Liga pra ele. Liga e pronto. É tudo que você tem que fazer se não dá pra ir embora. Liga e diz pra ele sair, arruma uma desculpa, alguma coisa de trabalho, eu posso aparecer se for melhor, me faz passar por empregado, o que for, mas anda logo que eu tenho coisas para fazer de manhã. Ligo, toca, espero olhando sua pulcra casa de arquiteto. Oi. Estou aqui fora, tenho que falar com você, é rápido. Não posso sair, diz, hoje não estou sozinho. Meu filho pode tocar a campainha, eu me escondo no acostamento. Não posso, não venha mais aqui, e desliga. Fico olhando o limpador de para-brisa no meio do caminho, de um lado o vidro marcado, do outro límpido. E ligo o motor. Ele arranca a chave e abre devagar a porta. Escuto suas botas de plástico caindo uma e depois a outra sobre as folhas. Eu o vejo ir por ali, agachar-se, encurvar-se, andar de quatro, desaparecer. Um cansaço radical me amolece. Vejo uma figura virar a camiseta carregada e deixar pedras de todos os tamanhos ao meu lado. Meu soldado filho. Liga de novo. Acato, ele pensa por mim. Ligo e ele não atende. Olho para ele. Liga de novo, vai, comanda. Liga, estou dizendo. Ligo, desligado, digo. Desligado? Meu filho pega uma pedra e passa para mim. Juntos descemos e nos instalamos perto das vidraças e das claraboias. Primeiro cai uma feito um míssil atrás de um monte, e depois ele lança outra, a maior, que quebra o vidro da sala deles. Ouvem-se xingamentos e alaridos. Ouvem-se corridas e movimentação de móveis. E atiramos, atiramos com o estilingue, atiramos para que lhes acertem na cara, atiramos em uma torrente de fogos de artifício, atiramos pedronas e pedrinhas enquanto se fecham cortinas e persianas, quebramos o vidro da cozinha, que se pulveriza, lá dentro correm de um lado para o outro, mudam mais coisas de lugar, pedem que paremos ou chamarão a polícia, atiramos várias de uma vez, até que nos dá câimbra nos braços, estamos em péssimo estado físico, vemos uma luz avançar pela rua.

É despertado pelo estampido de pratos quebrados jogados nos bosques. Garrafas vazias e cheias girando, detonando ao redor. As mãos cheirando a bebedeira. E agora o que foi, diz de cima da cama. E agora o que foi. A que me pariu e não me deixa descansar. A que me fez e não tem a menor ideia de onde está mas vem e, quente pela noite que teve, me assedia. Ainda não é possível caminhar sem forçar a vista ou levar luzes. Ainda é possível confundir o ataque feroz de um urso sujo com o de um pastor de ovelhas ou os lampejos de sol que surgem por trás das árvores com um incêndio florestal. Começo a fingir que faço, me vejo fazendo, arrumar xícaras, abrir e fechar armários. Estou para sair quando meu filho para na minha frente e diz, vamos embora. Vamos embora por um tempo até que passe a ofensiva. Será que ele alertou a polícia, seus contatos? Os policiais no nosso encalço. Mas se vamos é agora mesmo, antes que desembarque alguém da turma dele.

Deveríamos acampar em um verão da infância dele e sentarmos lado a lado comendo saladas frias de batata e caranguejo e outros meninos correriam para baixo com frutas secas. Não sei como se pede perdão. Deveríamos jogar cartas em cima da toalha atrás do trailer. E no inverno seguinte

se limparia a tempo a lareira e haveria sempre troncos do lado dela para evaporar e ameixas na panela de cobre para a geleia caseira. E haveria fantasias de caubói e revólveres de plástico presos na cintura e armaduras no peito dos meninos. Mas em troca a raiva incontida atravessando campos arados, matas e a cada poucos quilômetros a cólera de querer voltar, e ele o tempo todo empurrando. Seguimos o caminho mais reto. Para que isso? Caminhamos com a intuição de termos nos distanciado ao menos de alguns povoados e por momentos pensando que estamos andando ao redor da casa, que os animais nos olham fixamente para nos indicar que não saímos do lugar. As árvores são idênticas, o vento as mistura e a paisagem se anula. Não cruzamos com ninguém. Nas laterais vemos sacos cheios de terra, ou de água, latas, vestidos e chapéus de verão boiando no riacho. Sacrifícios, vidas jogadas. Não sabemos se nos aproximamos de algum lugar nem quando cai a noite. Pergunto a ele se tem fome e lhe dou a única coisa que trouxe, pão com atum, e por um momento me envaideço de ter previsto seu almoço, de o estar alimentando como quando soube que esperava um filho homem, quão melhor é ter alguém do outro sexo, produzir um homem, alguém que será um dia mais forte, que terá mais habilidades, que vai poder te carregar em caminhos montanhosos ou servir de escudo. Os roedores grunhem debaixo do chão de pedras. E então nos largamos para descansar no alpendre do que parece ser uma chácara de aluguel nórdica. Nunca a havíamos visto, mas isso não quer dizer que estejamos longe e não no vizinho. Eu me deito. Sem perceber lhe digo boa-noite, ele não responde mas me deixa apoiar a cabeça no seu antebraço como um rifle.

Eu o tenho em cima de mim. Olho as altas árvores imóveis, como conseguem fabricar para si uma vida inanimada. Medo de que alguém nos veja. Medo de querer que continue em cima. Depois de muito tempo o mando sair, seu corpo fica para baixo, a mão esmagada pela pressão de sua barriga, a boca de mamífero que tenta sorver. Ou os caçadores lhe deram um tiro ou subiu voluntariamente. Saio da parte coberta e lá fora tudo são mugidos. Tenho a intenção de ir embora sozinha mas se levanta e me segue. Aonde você ia, mamãe. Andar. E gruda em mim. Fica no meu calcanhar ao longo de toda uma trilha. E me roça com os dedos enquanto trotamos. Uma coisa que sempre fazia mas que agora me parece fora de lugar. Paro. Será que você me pediu para irmos embora só para me afastar dele? E continuo trotando. Que ideia é essa ele grita. Você estava jogando garrafas no gado, iam nos mandar embora, você ia demolir a casa. E aproveitando você larga seus estudos e depois a assistente joga a culpa em mim. O dedo acusador dos educadores na minha cara. Vou voltar para a escola, mamãe. Sim, e os policiais vão vir me buscar por incúria levando-me nos braços pelos vinhedos com um cartaz de negligente, mas é você que não quer estudar, você que quer ser um iletrado, você que quer terminar numa estação pedindo esmola na porta dos hotéis de beira de estrada. Ele me alcança, gruda em mim, quer que andemos lado a lado. Vai terminar vendendo balas. Oferecendo-se para os veteranos. Eu vou te tirar dessa, diz com voz inofensiva, não vamos falar do meu futuro, vamos pensar no seu. A voz daquele que ama soa mortal. Assim avançamos pelos campos com pesticidas e hormônios, mas não consigo evitar de voltar à carga três passos adiante. Você não quer que eu me esqueça dele. Se ele não está no meu campo visual, se eu não posso esticar os braços e tocá-lo. E agora, a quantos quilômetros você acha que estamos. Os tempos luminosos em que vivemos. Voltemos. Não podemos hoje, ninguém tenta voltar de noite. Eu volto, disse, mas em seguida me arrependi e o abracei na mesma hora. Não iria embora largando você. Ele parou para prolongar o abraço. Você é tão linda, mamãe. Quero voltar, perdão, passo o tempo todo pedindo que me absolva, sou a pior viajante. Primeiro temos que dormir, encontrar onde comer, fazer nossa higiene. Fazer a higiene? Logo agora, no inverno em casa não queremos acender o aquecedor e agora vem me falar de fazer a higiene? Mas onde estamos, comecei a me desesperar olhando nuvens, ratos voadores, procurando um ponto. Onde estamos, meu filho grita e corre e o deixo ir. Eu o enlouqueço, perdão, mas por que me trouxe até aqui, por que teve a ideia de me levar para lá, por que tenho a impressão, enquanto o vejo correr tentando se orientar, de que estou fingindo. Faço de conta que tudo está sob controle. Que nunca disse nada. Volta inundado de suor. Não sei onde estamos, não reconheci nem a entrada nem a saída, a fala dele entrecortada. Para onde você quer ir. Você não reconheceu nada, gritei, nada de nada, não deu nem para ver uma coisinha qualquer, uma passagem, um barranco, uma cabana. E grito para ele, grito crispada até sacudi-lo pelo nervoso que me dá que não me diga nada, que não me dê uma pista. O primeiro carro que eu vir, a primeira pessoa, conferimos em que direção cruzar o campo de espigas, o campo de narcisos. Só uma coisa importa, voltar antes que o sol caia de novo. Não podemos estar longe, devemos estar do lado, mas não reconhecemos nada, não há guinchos, nenhuma quadrilha. Não conseguimos dar com nenhuma figura, não passam ciclistas, nem motorhomes, não estão violando ninguém no açude, o vento do norte entre as pernas, não ouvimos um gerador, nada além desta reclusão verde. Chegamos à conclusão de que é meio-dia, temos os cabelos cheios de terra. Desato a correr, não suporto um passo depois do outro, as pétalas que consigo contar. Não tenho outra razão além do ódio. Em um momento ele também corre, e somos dois a odiar tudo. Até que por fim vemos uns meninos desmazelados andando soltos por um charco e um rebanho de reses ao redor deles. Alvos fáceis para se localizar, estamos perto da escola, ao fundo do pátio e as salas atrás da cerca.

A escola, a escola, gritamos e pulamos. A porra da escola, nos aproximamos e me dá uma bicota como quando era pequeno, fecho os olhos e o beijo com meleca no nariz. Vistos daqui têm todo o jeito de um bando de meninos doidos. Damos uma galopada com um impulso tão tremendo que até planamos. A virulência da alegria, um garoto encarapitado no terraço da igreja descendo as calças na frente dos fiéis. A virulência da felicidade, uma pistola de ar comprimido disparando em um bando de aves achatadas contra os janelões.

Não me dá remorso, deveria me dar remorso? Não me dá nenhum tipo de remorso tê-lo mandado ir estudar em andrajos. E fui embora caminhando, de vez em quando fazendo sinal de pedir carona mas sem a menor esperança de ser recolhida com este aspecto. De modo que outra hora de caminhada ladeira acima. Durante esse tempo gostei de me imaginar limpa e arrumada de novo. Quase chegando, notei que ladravam demais. Ao entrar na minha granja ninguém me cumprimentou, isso chamou minha atenção. Também não vi portas nem janelas abertas. E em frente à minha casa senti um cheiro de fermentação, uma coisa rançosa. Tudo estava jogado, esmagado, uma manada de gatos selvagens em casa. Pegar sacolas, jogar tudo fora, procurar o telefone, ligar para ele. Encontrar seu paradeiro não importando se foi ele quem deixou entrar os brutamontes. Lá em cima o quarto do meu filho está intacto mas o meu é um tumulto. Fiz o que pude, pra lá e pra cá com sacos de lixo e spray antiodores para dar um aspecto de lar. De um lado e de outro, montões de larvas.

Tenho uma mãe maravilhosa, eu sei, você é maravilhosa, mamãe, pensei nisso o caminho todo, que maravilhosa a mamãe é, pensar em você a vida toda, pensar na mamãe e dar presentes para ela, o entusiasmo do menino cortando papel colorido. Fui expulso do colégio, estou livre, tenho que recomeçar do zero em um curso inferior, não aprendi nada, não li nada, não conheço ninguém, na sala metade não sabia meu nome, nem apelido me deram, não importa nada, alguma coisa vou conseguir fazer no futuro, diz ao se sentar, e já não jantamos nem colocamos nada na boca por muito tempo, podemos tentar morar em outro lugar no ano que vem. Uma cabana no sul que vou fazer com minhas próprias mãos escolhendo bem cada viga. Mudar de continente, viver em uma ilha em cima de tábuas. Vivemos nesta casa encantada mas é tarde demais, mamãe, quando estou sozinho na cama e te escuto enxaguando as pontas do cabelo, pintando a cara ou tentando dormir um monte de ideias me assalta, por que sou seu filho? Bom, basta, digo a seco. Quanto tempo isso vai durar? Quanto dura esse sentimento. Meu sistema nervoso está muito cheio mas enfrento. O que você sente por mim, filho, poderia sentir o mesmo que eu? Podemos estar sentindo a mesma coisa agora. Eu me pergunto vezes sem conta e nunca me respondo. Você está perdendo, o que está fazendo, você me teve,

e eu estou aqui agora e te entendo, posso te ajudar a voltar. Eu sei a cabeça que você tinha quando nasci, era só sair e já estava pensando nos soldados jogando futebol com recém-nascidos ou mandando-os pelos ares. Agradeço por você não ter me dispensado. Eu o escuto paciente, fala e fala, mas lá fora no orvalho desta noite continua a corrida depravada.

Ele vai querer as que não nasceram, um dia vai beijar primeiro retraído e depois com a língua dentro nesta sala, e eu vou olhar para eles, sentada nesta cadeira, trazendo algo para tomarem ou apagando a luz. E outro dia vai levar uma na garupa neste mesmo horizonte e a levará pelas aldeias e cavernas, e fará tudo sem pressa sem ansiedade de cara arqueada. Mas agora me beija e nos desfazemos, não mãe e filho, dois clandestinos que se cruzam numa parada, dois aturdidos no alto de um refúgio, dois punks que atravessam a Europa comendo do lixo público, na França, na Alemanha, na Itália, os lixos cheios, sanduíches mordidos, confeitarias e massas sem abrir, e, à medida que subimos, na Polônia, nada, nem um pedaço de pão duro. Tinha que acontecer, tudo pode acontecer entre o amor da mãe e o do filho, por que não esperar que tudo um dia aconteça e depois seja uma lembrança como não tenho da casa áspera, da casa em miniatura que era quase um armário, quem conversa na cozinha e quem debaixo da terra, alguém me levando nos ombros, vagar ainda, comprimidos, potes de açúcar. Somos arrancados desse estado da casa monstro pelo ruído de motores, levanta do colchão e vai embora. Pendura a mochila, se veste do avesso, as etiquetas penduradas, réu, pega a scooter e vai ziguezagueando em meio à manada, aos gritos de *fuck everything, war is business, kill releases*, como um jovem farto de tudo, que tudo despreza, ter nascido e ter sua idade, seu corpo enxuto, sua mãe, ver sua cara se encompridar, os outros aceleram no guidão.

Vão por aí com o escapamento acordando as famílias, os recrutam. Fiquei de pé e caminhei pela casa sem me vestir. Não sou mais que o ruído da asa de um inseto. A velhice é um naufrágio.

Um estacionamento onde se recolhem finais de vida como se fossem carros de corrida sem resistência. Poder te pendurar na menor das árvores, fraca e mal plantada, e ficar boiando o verão todo com os pés na piscina de bambus. Dormir por dias e te acordar com a boca lodosa, sair percorrendo os atalhos com urtigas, as pernas sobressaindo. Poder subir, tirar uma teia de aranha, eletrocutar vaga-lumes com a mão. Meu filho já não deve sentir meu cheiro com o vento do último rio. Meu filho sem mãe a que velocidade andará pelos despenhadeiros, que lhe farão os outros, porcos, toxicômanos. Que coisas lhe mostrarão, um bisão pintado de verde fechado em um ônibus escolar até deixá-lo transtornado, os dedos no rabo. Vão arrastá-lo para quebrar fechaduras de chalés burgueses, roubar comida das geladeiras das casas sem veranistas, molhar os aposentados para lhes esvaziar os bolsos, fazer os sobreviventes gritarem seus desaires, que mais farão em bando as cigarreiras de vodca, dormirem todos embolados nos bosques de finos pinheiros brancos que cercam os acampamentos. Entrar em plena noite nos campings e revirar tudo, jogar fora as garrafas ao grito do guarda-civil, sequestrar holandesas que brincam nas portas de seus quartos alugados. Ensinarão que tudo bem pegar emprestado de crianças e ir feito uns doidos nos guinchos.

Entro na água para desfazer as dobras do couro cabeludo. Sou esse bebê concebido de maneira artificial. A mãe instável que lutou por anos para se fazer inseminar ilegalmente no estrangeiro dá banho no bebê com pouco tempo de vida e ele escorrega, liga para a emergência, chegam e se apressam em transferir o corpo ao serviço de reanimação e passa dias intubado antes que tudo se acabe. Encarrega-se de dar à família a notícia de seu descuido e depois o esparrama na cadeia de montanhas do Himalaia. E ao voltar em um voo de baixo custo tem o sentimento de que esse bebê nunca existiu. Não tem nome, não há inscrição, ninguém chegou a vê-lo, não o mencionam mais. Levanto a cabeça. Barulho de helicóptero. Passo perfume, me enfeito, me pinto, me aprumo, subo e me ponho a arrumar as caixas com objetos meus que meu filho guarda, tentar uma ordem cronológica. Os vestidos, os perfumes, a glória. Não amanheceu ainda, lá em cima continua a girar o aparelho verde da milícia e
mira com sua luz o telhado de nossas casas.
Saio para o jardim em jejum e fico olhando.

Alguns aparecem em suas cozinhas com as mãos para o alto. Outros correm rua abaixo com o ardor do disparo em linha inimiga. A luz continua a girar sobre o campo dos viajantes, o laser sobre as colheitas e as máquinas agrícolas. Evacuações a nado, uma caterva nas tendas, falta de coleta de lixo, ninguém se anima a entrar. Arranco umas groselhas-vermelhas brilhantes. E amanhã vão lhes cortar o cabeamento, tapar os poços de água e os farão desfilar, os meninos à parte, e voltarão a abrir os poços e a se pendurar dos cabos. Arranco todas as groselhas brilhantes, minhas unhas tingidas de vermelho. E voltarão a jogar suas garrafas de cerveja na estrada. Ataque por terra, assalto aéreo, reconhecimento, transporte de carga ou rifle com luz infravermelha, as pessoas amam ação. Eu fico fora vendo as casas fechadas durante o verão canicular, os postigos travados, as fissuras nas persianas de madeira, os fechos de metal oxidados, o mofo nos canteiros, as flores mal crescidas nas brechas. Escuta-se um cochichar, a turminha está de volta, dois deles com uma máscara de palhaço e um machado ou uma faca de espiga longa. Meu filho tem de cumprir sua função de novo integrante e avisar quando chega algum menino de patinete, algum velho passeando levado pelo braço, esses velhos com jaqueta e camisa de campo, professores de colégio já aposentados que mantiveram o tique de cruzar os braços atrás das costas. E é aí que eles saem e os açulam com a lâmina no alto. Os meninos tropeçam, tontos, os velhos ficam abatidos.

Continuo sentada na cadeira desde de manhã depois de ter recebido o vendedor de frutas, até o sol se pôr de todo. Nunca me entedio, não preciso captar uma rádio ou falar em voz alta, fico sentada na cadeira. Fico na mira do helicóptero parado com a impressão de que ele é parte do céu.

A senhora está muito maquiada, me diz um de barbinha e roupa larga. Perdão, conheço você, pergunto da minha espreguiçadeira. Não, mas a senhora está maquiada demais, não está bem. E como se atreve a me dizer o que está bem, de onde você saiu, é novo por aqui. A senhora deveria se maquiar somente para seu marido, olho para ele e me coço. Ele me olha a virilha, os ombros e vai embora, mas volta a se virar.

No dia seguinte meu filho retorna como um marido resignado sem noção do dia ou da temperatura, sem perguntar para quem, fecha o meu colarinho, abotoa meu vestido, às vezes apoiando os lábios no meu espartilho. Você está divina. Meus tempos de manequim nos salões brancos provincianos, nas feiras de beleza dos povoados, nas cidades e regiões do interior. Meus tempos de modelo de costureiras, de alfaiates, de fotógrafos experientes, de andar e girar olhando para a luz. Meus tempos de incontinência, me dá o jornal e um trago, e a corte, o olhar afetado do empregado, do chofer, do piloto da aeronave, na rua, nos trens com os controladores sempre sexuais.
Como estou? poso sem modéstia, ando para ele, a ida e volta do esplendor. Seu olhar me

rejuvenesce, escutaram minhas preces, sou de novo vagabunda. Subo na garupa e vamos em direção a ele como a um encontro marcado. O imperioso sentido de vê-lo diante de mim. Você está perfeita, como no quadro, tamanho natural, perfeita como quando não podia nem sair para fazer compras de camisolão ou moletom porque não te reconheciam e você se devia a eles e eu tinha tanto ciúme de quando te olhavam que queria esmagar os olhos deles. E eu ri. Como foi sua expedição, que fizeram com você, nada, mamãe. O momento providencial de voltar a vê-lo.

O patrão do bar vende vários copos ao casal. Em cima do balcão dorme um menino, a cabeça recostada ao lado das taças com hortelã, o outro menorzinho anda pelo bar com um lenço chupado. As pessoas dançam em árabe, as pessoas se fotografam diante dos espelhos bisotados, as pessoas sobem e se equilibram nos tablados. Eu espero no fundo do salão em um sofá de veludo com almofadões redondos com garças de bico comprido. Espero sem provar meu drinque de creme de cassis, cortesia da casa. Espero sentindo meu perfume. Meu filho sentado em frente ao bebê com uma vitamina. Vários trabalhadores dos vinhedos festejam o começo da vindima. Dá para ouvi-los aspirar o vinho, deixar na língua, escorrer, engolir. As torneiras abertas. As garrafas em exposição. Duas da manhã. O casal não tem intenção nem de ir embora nem de diminuir o ritmo. O menino do balcão se joga num canto. O outro se enfia

entre as pernas do pai alcoólatra com cabeça de touro e peito inflado. Meu filho acaba a vitamina. Escuto a turma silvar e assobiar para ele. Ele sai, nem me olha para perguntar se pode. Eu estou no meu sofá, a mulher vaso de flores. O restaurante parece de montanha com suas madeiras descendo em picos, sua cabeça de corça empalhada e sua mesa de pata de rinoceronte. Todos os donos estão aqui, menos ele. Convidam meu filho para fumar cachimbo. Lá fora o festejam, dançam em roda, o tatuam com fogo e o integram a seu clube. Dentro os dois irmãos, os pais no balcão. Ao sair daqui vão cair na farra ou capotar. A polícia local espera que algo aconteça para agir. O menino de dois anos responde uísque quando lhe perguntam o que quer tomar. Ouço que têm um prontuário pesado de denúncias e acidentes domésticos mas não querem dá-los à assistência social. O meu já cambaleia, dizem para ele fazer o quatro e o teste de cruzar a mão no nariz. Obrigam-no a repetir palavras em mouro, riem da sua pronúncia, agora em farsi, meu filho não fala nada e lhe dão uma porrada. Aonde eu o levava quando tinha essa idade. Por que não lhe ensinei outro idioma quando começou a falar. Esperamos por ele até o fim. Depois o vaso de flores se levanta com os pés gelados e enquanto mandam todos embora digo vamos embora ao filho largado com o grupo no píer. Vamos, repito, e minha bolsinha a tiracolo de corrente dourada se abre e cai tudo. E isso que não provei o creme de cassis nem o espumante rosé. Ajudam a catar minhas coisas, um passa batom, o outro se olha no espelho, os papéis da bolsa voando, meus cigarros mentolados ladeira abaixo, meu isqueiro de prata com minha foto. Vou levá-lo, desculpem, desculpem, e todos estouram de rir, zombam do desculpem, zombam da minha vestimenta, chutes no filho com a mamãe, parece que não estou em meu melhor estado.

Dirijo com os olhos fechados. Ele brinca de abri-los com um palito de dentes. De dobrar minha pálpebra para que fique branca. Por que eu não estou morto como milhões de outros. Suas questões de adolescente seu transtorno no princípio de tudo. Que te deram para aspirar. Não fale como se você tivesse se acostumado a viver sem mim, você está aqui e te falo dela, da sua mamãe, como se te contasse quem é para que você a conheça melhor, para que aprenda a amá-la a distância. A única coisa de que me lembro é que quando eu era pequeno um senhor alto foi me buscar na escola, eu não entendia o que tinha acontecido, chegou perto de mim, me perguntou se eu era seu filho e me levou a uma sala para ver você e nem entendia ainda o que era isso tudo. Este é um caminho no qual vamos todos caindo, me disse quando me levou para tomar um lanche num bar, eu tinha pedido café, ficou esse gosto de grão azedo, eu não conseguia entender mas também teve vezes no fusca de teto solar quando escutávamos piano e eu mudava o dial e você voltava a colocar e passávamos a tarde assim.

Ao pé do escritório dele, no alto do monte, o primeiro dia dos tempos de colheita. Fumamos cigarros enrolados, e tossindo me diz que ele nunca será tão lindo quanto eu, que não tem meus traços. Toco seu cabelo crespo, não é bem-apanhado mas chegará a sua vez. Com bitucas nos dedos e fibras no céu da boca o vemos chegar. Eu embonecada, ele no seu carro tunado. Dou aquela conferida para ver se não ficou em mim nenhum rastro dos dias de malária. Ele se adianta como se para me proteger de uma onda alta demais e o encara. Ele o cumprimenta, pergunta se precisa ou não do trabalho para a temporada de verão. Quantos anos vai fazer nas férias, se estiver precisando muito pode começar na semana que vem. Diz qual é o pagamento por hora. Meu filho ri. O outro não entende, se afasta depois de se despedir e me olhar de cima a baixo. Vem, ainda não falei, chama de volta. Dou um passo para trás como quem não quer se molhar. Vem me dizer que é meu pai. Fica sem reação. Que somos uma família agora, os três, me reconhece? Não vê que somos parecidos, enfim juntos, papai, chegou a hora de vivermos aventuras os três. Eu o vejo murchar. Agora vou poder ter meus pais colados na cama no domingo, vou poder falar no plural, brigar em dobro. Quer deixar de fazer idiotices, e lhe bato nas costas. E ele amolece. Olha para ela. Olha que bonita está nesta manhã minha mamãe. Sim, diz manso, e me olha, muito bonita. Como antes, atesta meu filho, você não chegou a conhecer como ela era, mas hoje está igual. Ninguém diz nada. Tenho que ir, estão me esperando para uma reunião, hoje é um dia infernal. Não, você não pode ir, ela veio para vocês conversarem, olha bem para ela de novo, diz e vira a cara dele para o meu lado e nos deixa sozinhos. E me pareceu que se assustou. Não use seu filho como desculpa e não lave as mãos. O que seu filho está fazendo aqui, isso é assunto nosso. Por que o traz. Eu não o trago, ele vai aonde eu vou. Tive que trocar todas as janelas, as claraboias, pedir segurança, o cachorro foi parar na emergência, uma fortuna. Me deixa subir, depois na saída vou te ver. Eu lacrimejo. Está te dizendo que quer te ver agora, está te pedindo uma coisa, você não escuta, e diante da negativa dele meu filho investe contra ele, de cara no estômago, e o carrega. Vejo os dois entre as vinhas se cortando, rodando um sobre o outro, cravando-se estacas, jogando-as na terra. Vejo pedaços de braços, pedaços de coxas. Levantam-se mas voltam a rodar entre as semeaduras, tentando tatear uma podadeira, vejo os dorsos se revirando, quebrando-se com os espinhos. Meu filho ganha graças ao caratê. Só o deixa sair engatinhando quando promete um encontro no final do dia. Está arranhado, espero os dois ali enquanto sobem para se lavar e fazer compressas. A turma nos cumprimenta de cima de suas motos e deixa um rastro negro de benzina no ar.

Eu o convido para navegar, para nos reconciliarmos pacificamente, só um final serpenteando entre as ilhas em frente. Ir às ilhotas de areia da costa que dá para as quadras de tênis e os acampamentos de turistas com seus bangalôs e seus lotes de horta artificial. Espero por ele e descemos a pé e pegamos o caminho do último rio selvagem. Ir embora para que não nos vejam, o plano lhe soa bom. Meu filho nos deixa a sós, olho para trás e me parece que nos segue, que avança lentamente, mas não estou certa disso e deixo de prestar atenção nele. À beira d'água os bancos de areia pesada e uma fila desigual de botes amarrados com cordas amarelas. Dá a mão para mim, descemos, entramos em uma cabana como um casal de veranistas, alugamos um bote usando nome falso, insisto que tenha duplo comando. Ninguém está olhando para nós, não se preocupe, digo a ele quando nos beijamos pela primeira vez. Ninguém vem aqui. Navegamos pelo leito suave passando por represas, pântanos de areia e diques, que lindo, digo, mas ele não acredita em mim. Que lindo tudo, este rio é sagrado, e se ofusca. Você não pode me responder, mas por exemplo de quanto em quanto tempo pensa em mim. De quanto em quanto tempo passo na sua frente como um véu, como um manto, como uma rajada de vento, pode me dizer? Antes de dormir você me vê? Qual é o tamanho da sua obsessão por mim, por exemplo agora você está no celeste deste céu, te vejo no movimento do remo, te vejo nas gotas do spray da água termal, quando bêbada abro a geladeira, quando não sei mais o que tomar nem onde estou, você está aí, na estante enferrujada, no fundo da garrafa. Remamos os dois, cada um de um lado do bote. A vida avança pausadamente. Olho para ele e é um infarto, uma couraça que comprime o coração e a mandíbula, uma queimação, uma queda iminente, ingerir um animal e senti-lo entrar duro, uma mudança de pulsação, uma enxaqueca. Navegamos e poderia jurar que lá embaixo tocava uma música doce e grave, lá atrás no solo marinho entre os recifes de coral, entre duas águas, sardinhas, cavalas, robalos. Olha, trouxe isto, e tiro frutas, sucos coloridos e pão para os dois. Poderíamos fazer um piquenique em alguma dessas ilhazinhas. Mas isso não era nada, nada disso, que me chupe os dedos, que me roa os braços, que me mastigue, que tudo seja esquecimento. Sabe no que estava pensando, na primeira vez em que te vi, não sei se você me viu, você me viu? Eu sei que da primeira vez você estava bem erguido no alto da colina. Parecia um cacique, um chefe robusto de alto comissariado, um paramilitar, as mãos te cobriam, sabe o que disse a mim mesma quando parei o carro de chofre no meio do trajeto? Se eu tiver que violar esse homem, violo. E olha para mim de um jeito que nem sei. E tudo é tão idílico. Está vendo o carro sem farol no meio da estrada, bem na entrada da curva? Está vendo esse carro sem farol no meio exato sendo esquivado a cem por hora? Era eu desde o princípio em risco de morte. Eu não vi isso, não vi um carro parado, me lembro de uns lábios da mesma cor da minha uva que passavam vez ou outra diante

de mim enquanto eu semeava. Você passava, passava, com os lábios de polpa, quantas vezes veio. Quando eu recordar minha vida, haverá um só momento de verdadeira felicidade.

Isso é um gato pulando lá. Acho que é um gato aquático, me faz lembrar do meu, me parece que segue o mesmo destino. O que você está dizendo, que gato, que é isso agora. Um fantasma. Está vendo, é aí que você me dá medo, nestas coisas. O que acha dessa ilha. O que acha daquela que bordeja detrás do quebra-mar. Não sei. Como posso te dar medo, olha o que eu sou, um chute seu e saio voando. Não sei, às vezes você me dá medo. Sempre quis ir até lá, os pés quentinhos e fazer uma fogueira, explorar, ficar numa tenda. E remo girando rumo às últimas ilhotas. Contra sua vontade. Você está se afastando demais, e corrige o itinerário fazendo força oposta. E eu remo com mais potência arrastando a canoa mas ele insiste, e a briga náutica começa, até que me atiro em cima dele e o toco, provoco náuseas nele. Como você está se sentindo agora? Bem, diz ele, melhor, muito melhor na verdade, vocês precisam disso para aquietar, hem, sorte que você pode. Olha este céu tão limpo. Vamos deixar que a água faça o último trecho, que dure o que tiver que durar a inclinação da maré. E a água me dá razão e apruma o barco na direção da ilhota. Quando batemos, nós dois temos os olhos fechados para o calor. Faço o resto do trabalho sozinha. É bom eu preparar os braços, vou precisar. Manobro, estaciono e fico em pé fazendo com que trema. Dou um salto atlético com meus sapatos de salto e o amarro. Ele continua ali. Dou uma volta na nossa ilha. Tudo é pacífico e virginal. É a melhor de todas, grito para ele enquanto junto pinhas, trevos e flores verdes, enquanto dou pulos com meu vestido entre as armadilhas de vegetais negros, ali tem bananas-roxas, pitaias, jacas, carambolas, figos-da-índia, você vai adorar, tem uma laguna no meio da ilha, quem sabe podemos nadar ali e girar engolfados no seu redemoinho. Olha essas plantas, como se transformam em arbustos, estão de pé neste terreno movediço, me agacho e afundo, meio corpo já está para dentro, olho as raízes sem oxigênio nas profundezas. Mas o vigio, que não saia remando, que continue meditando na embarcação bem amarrada.

Eu teria sido uma boa toxicômana, uma beatnik, se não fosse pelo fato de que venho de uma família de classe e livre de sujeira, na qual papai e mamãe falavam na mesa e até se olhavam. Se não fosse pelo fato de que acariciavam os animais domésticos e elogiavam minha beleza. A beleza da juventude que não dá opção, os outros a querem, você vai ter que oferecê-la. Não vale não se enfeitar, não vale não ficar sob a luz, você conhece alguma jovem belíssima que trabalhe em um porão? Não é possível, não a deixariam, mas depois é o contrário, quando te soltam vinte anos depois e você tem que procurar um emprego de caixa ou vendedora de peças de reposição. Mas você não está vendendo nada, você é livre e se calou. Melhor.

Eu teria sido um bom lutador na lama, um bom caçador, sei lá, um bom competidor de luta livre, levantar toda manhã e me jogar em cima de alguma coisa, destruir deve ser fascinante. Mas você planta, rega, semeia, colhe, tudo produtivo. Um homem útil, eu era uma mulher útil. Quantas vezes alguém pode brilhar, uma, duas, nesta ilha estamos brilhando. E se a gente procurar cocos? Aqui deve dar qualquer coisa, a gente arrebenta batendo nos troncos e bebe o sumo claro em cascata. E rolamos na espuma. Você é minha juventude. Você é minha vibração. E rolamos em grande velocidade e não há nada que insinue o abrupto, ou tampouco um final, suas mãos mais expressivas que o rio. Olha a hora. Olho a meia-lua emergir e, junto a ela, Netuno ou Vênus muito iluminada. É Vênus? Não sabia que os planetas podiam espalhar pólen dourado. Tenho que ir, já é quase noite. Noite de primavera mas olha a hora. Não olha tanto a hora, não faz nada, não me despreza, quero que esperemos o crepúsculo cobertos de algas secas, deve ser glorioso. Você não se adapta ao que te digo, me fala de amanhecer, mas tenho que voltar, estamos, onde estamos, não vejo nada em lugar algum, é perigoso. Nas ilhas logo em frente, que perigoso, é só atravessar. E como atravessamos sem ver no meio da corrente?, ver o que e para quê? Você nunca aceita, não sabe aceitar, e por isso o hospital e esses ataques todos. Tenho que voltar agora, é crucial, você não está me escutando. A besta do pântano se levanta e se sacode. Além do mais não tem sinal, todos devem estar me procurando, tenho responsabilidades, gente que depende de mim, uma vida. Certas noites não cheiram a nada, esta me parece que será desse tipo, sem cheiro, eu se fosse você relaxava, fazemos uma fogueira, tenho algo para comer, não vamos sentir frio, vamos dormir nas partes de terra fofa e amanhã vamos embora. E enlouqueceu porque não falou nada nem me dirigiu um só olhar. Não tenho sinal, diz. Você está se irritando, não pode me dizer que não tem sinal, e ele foi direto desamarrar o bote. Eu o olhei serena desfazer o nó que fiz com minha maior força e se aproximar puxando para si o barco, no impulso um dos remos caiu. A luz declinava rápido demais, tudo estava a meu favor mas ainda dava tempo de ele se safar.

O que você está fazendo, eu disse com voz tenebrosa. O que você acha que está fazendo, que merda você pensa que está fazendo, gritei selvagem e tive que me levantar. Que pena desfazer o instante, tive que ir embora da areia morna, deixar de olhar para a lua nascendo. Subi nas costas dele mas ele me tirou. Voltei a montar e me segurei melhor mas conseguiu me derrubar. Me bati. Subiu no bote mas saltei e mordi seu punho, outro remo caiu na água, e as plantas carnívoras o devoraram. Só quero que você suba um minuto e pronto, vamos falar. Coloque-se um minuto no meu lugar, tenho de sair daqui. Qual é o seu lugar e por que você não se põe por um segundo no meu, já que alcançamos a perfeição, é nossa

última oportunidade. Que perfeição, o que você está dizendo, não dá para entender, você perdeu o juízo, eu vim, cumpri, é isso. Claro, perdi o juízo. Quê? Mas tudo isso era impossível, as perguntas, as duas vozes. Não sei como se convenceu a sair dali, tudo me doía e me deitei. Estou ridícula jogada feito uma celebridade em uma praia de nudismo, jogada aqui feito uma mulher que se acha fatal. Não, não. Só precisamos ir buscar umas bebidas, acreditarmos que somos jovens e que estamos vivendo a doce vida. E se fez um silêncio, rimos, meu joelho no pomo de adão dele, até que escutamos um barulho, não estávamos sozinhos, era o bote indo embora ou um jacaré na superfície. Subi em cima dele, acelerando tudo. E me penetrou com uma morbidez que eu não julgava existente, possuir não de um jeito ou de outro, não desejando, não dois corpos nem sexo mas algo inconcebível. Não um homem mas ele todo de uma vez como o grande sonho. O ruído se repete e ele quer ir ver. Não o deixo e o trago de novo, mas quer ver o que tanto faz barulho, o que geme. Eu o obrigo a ficar, me bate com o punho e me empurra o osso. Foi sem querer, diz. Fico olhando para ele deformada, babando mas sorrindo, já passiva, esperando o final e me despeço mas no sangue da minha cara está ele. Acordo os pés sob a areia e bato nele outra vez. Que vontade que eu tenho de te cobrir bem de porrada, me saiu, e foi aí que me pareceu ver que meu filho se jogava no rio. Tudo ao redor dele eram braçadas quentes, nadava totalmente excitado até nós, enquanto dele brotavam longos jatos de água. Ele tenta ir ao seu encontro, faz sinais, aqui, aqui, mas seu nado desajeitado nos dá tempo ainda avançando do outro lado, agradeço nunca tê-lo levado a nadar, que não chegue, que a maré o vença, que o rio o atrase. Eu estou burra mas chego a notar que meu filho clama que volte, com água na boca, vem me resgatar com seus braços fornidos, se é que é meu filho, agora mesmo tenho dúvida, como o pude engendrar, continuo a vê-lo nadar frenético, às vezes fazendo força no fundo, à mercê da corrente, nada e grita para mim, tem problemas para emergir e busca fôlego boiando de barriga para cima. Continua aí, boiando arrastado, eu o vejo vir empurrado pelo rio mas tudo o que conta é que esse averno de desejo dure. Pulo em cima dele outra vez, e outra, beijo sua mandíbula toda, que nojo, parece me dizer, me puxa o cabelo, puxo o cabelo dele, nenhum dos dois solta segurando pelas pontas, chegamos até em cima e puxamos e puxamos e puxamos tanto que caímos jogados areia abaixo. As coisas deram errado, foi o que tinha que ser, diz, a sorte está lançada, há que aceitar. E volto a beijá-lo com dureza, mas se solta e vai para trás, posso sentir que inspira. Escuto um estrépito e depois um eco. O último halo do sol faz uma espécie de giro, dá uma espécie de salto e quica entre os arbustos, o céu rebrilha na água e tudo volta a ser assombroso. Isso é amar, digo a mim mesma, e ele vem e me arranca a cabeça.

Precoce, sem data de início nem de final, foi escrito nesse tempo atemporal próprio da escrita, alheio a toda referência externa, sem saber muito bem se foi gestado no Natal, no fim do ano ou durante as férias: só à espera da tormenta, do estouro do trovão que dispara o processo criativo. *Precoce* foi escrito ao som do piano, em um bunker distante de tudo, somente entrevisto por árvores altas e pelo olhar, sempre indiscreto, dos habitantes locais.

Sobre a autora

ARIANA HARWICZ NASCEU EM BUENOS AIRES, em 1977. Estudou roteiro e teatro na Argentina, graduou-se em Artes Cênicas pela Universidade Paris VII e obteve o mestrado em Literatura Comparada pela Sorbonne. Deu aulas de roteiro e escreveu duas peças. Dirigiu o documentário *El Día del Ceviche* [O Dia do Ceviche], exibido em festivais internacionais. Mora com a família em uma pequena cidade perto de Paris.

Precoce, publicado originalmente em 2016, é a terceira parte de uma trilogia "involuntária", chamada por Harwicz de "trilogia da paixão", uma vez que os livros exploram a relação entre mães e filhos. Dela também fazem parte os romances *Morra, amor* [*Matate, amor*], de 2012, e *A débil mental* [*La débil mental*], de 2014, publicados pela Editora Instante em 2019 e 2020, respectivamente. Em 2018, a edição em inglês de seu livro de estreia, *Morra, amor*, foi indicada ao Man Booker International Prize; em 2019, *A débil mental* foi adaptado para o teatro na Argentina. Harwicz também é autora de *Degenerado*, de 2019.

Comparada a Virginia Woolf e Nathalie Sarraute, Harwicz é uma das figuras mais radicais da literatura argentina contemporânea. Sua prosa é caracterizada por violência, erotismo, ironia e crítica aos clichês que envolvem as noções de família e as relações tradicionais.

Direção Editorial: **Silvio Testa**

Coordenação Editorial: **Carla Fortino**
Revisão: **Andressa Veronesi** e **Fabiana Medina**
Capa: **Fabiana Yoshikawa**
Tratamento de Imagem: **Leonardo Miguel**
Diagramação: **Estúdio Dito e Feito**

Imagens: **Shanina/Getty Images/iStock** (capa e 4ª capa)

1ª Edição: 2021

Dados Internacionais de Catalogação na Publicação (CIP)
(Angélica Ilacqua CRB 8/7057)

Harwicz, Ariana.
Precoce / Ariana Harwicz ; tradução de Francesca
Angiolillo. – 1ª ed. – São Paulo :
Editora Instante, 2021.

ISBN 978-65-87342-17-7
Título original: "Precoz".

1. Ficção argentina I. Título II. Angiolillo, Francesca

CDD Ar863
21-2038 CDU 82-31 (82)

Índices para catálogo sistemático:
1. Ficção argentina

Texto fixado conforme o Acordo Ortográfico da
Língua Portuguesa de 1990, em vigor no Brasil a partir de 2009.

www.editorainstante.com.br
facebook.com/editorainstante
instagram.com/editorainstante

Precoce é uma publicação da Editora Instante.

Este livro foi composto com as fontes Arnhem e Recoleta
e impresso sobre papel Pólen Bold 90g/m² em Edições Loyola.